Les tracteurs

Lynn Peppas

Traduction de Marie-Josée Brière

Catalogage avant publication de Bibliothèque et Archives nationales du Québec et Bibliothèque et Archives Canada

Peppas, Lynn

　Les tracteurs

　(Au volant!)
　Traduction de : Tractors at work.
　Comprend un index.
　Pour enfants de 5 à 8 ans.

　ISBN 978-2-89579-489-9

　1. Tracteurs - Ouvrages pour la jeunesse. I. Titre.

TL233.15.P4614 2013　　　　　　j629.225'2　　　　　　C2012-942431-5

Dépôt légal – Bibliothèque et Archives nationales du Québec, 2013
Bibliothèque et Archives Canada, 2013

Titre original : *Tractors at Work* de Lynn Peppas (ISBN 978-0-7787-3064-4) © 2011 Crabtree Publishing Company, 616 Welland Ave., St. Catharines, Ontario, Canada L2M 5V6

Dédicace de Crystal Sikkens
À la famille Sikkens, qui m'a fait connaître la vie à la ferme

Conception graphique
Tibor Choleva

Recherche de photos
Melissa McClellan

Conseillère
Mary Dawson, représentante de commerce en matériel agricole

Remerciements particuliers à
Jonathan Sikkens

Illustrations
Leif Peng

Photos
Dreamstime.com : © Gualtiero Boffi (pages 4 et 7); © Olga D. Van De Veer (page 5); © Sharon Agar (pages 12-13);
© Marcin Husiatynski (pages 16-17 et page 17, en haut); © Gordana Sermek (page 18); © Uatp1 (page 26);
© Ovidiu Iordache (page 27)
iStockphoto.com : © RonBailey (page 19); © HHakim (page 28); © buzbuzzer (page 31)
Shutterstock.com : © Krivosheev Vitaly (page couverture); © dusko (page titre);
© Dusan Bartolovic (page 8); Peter Zijlstra (page 9); © Marilyn Barbone (page 11); © Inginsh (page 13, en haut);
© Alekccey (pages 14 et 24); © Orientaly (page 15); © Leonid Shcheglov (page 20); © Konstantin Sutyagin (page 21);
© Pavel Losevsky (pages 22-23); © Serghei Starus (page 29); © Neil Phillip Mey (page 30)
© Stu Harrding : page 23
© Melissa McClellan : pages 6 et 10
Domaine public : quatrième de couverture et page 25

Direction : Andrée-Anne Gratton
Traduction : Marie-Josée Brière
Révision : Johanne Champagne
Texte : © 2011 Crabtree Publishing Company
Mise en pages : Mardigrafe inc.

© Bayard Canada Livres inc. 2013

Nous reconnaissons l'aide financière du gouvernement du Canada par l'entremise du Fonds du livre du Canada (FLC) pour des activités de développement de notre entreprise.

 Conseil des Arts du Canada   Canada Council for the Arts

Bayard Canada Livres inc. remercie le Conseil des Arts du Canada du soutien accordé à son programme d'édition dans le cadre du Programme des subventions globales aux éditeurs.

Cet ouvrage a été publié avec le soutien de la SODEC. Gouvernement du Québec – Programme de crédit d'impôt pour l'édition de livres – Gestion SODEC.

Bayard Canada Livres
4475, rue Frontenac,
Montréal (Québec) H2H 2S2
Téléphone : 514 844-2111 ou 1 866 844-2111
edition@bayardcanada.com
bayardlivres.ca

Imprimé au Canada

Table des matières

Des véhicules de travail　　　4

Des chevaux mécaniques　　　6

Lentement, mais sûrement　　　8

Bien accrochées　　　10

Travail à l'avant　　　12

De grosses roues　　　14

Drôles de chenilles !　　　16

Pour les petits travaux　　　18

Les tracteurs agricoles　　　20

Les mégatracteurs　　　22

Les chargeuses-pelleteuses　　　24

Les bulldozers　　　26

Les tracteurs de piste　　　28

Les concours de tire　　　30

Index et mots à retenir　　　32

Des véhicules de travail

Les tracteurs sont des véhicules de travail. Un véhicule, c'est une machine qui peut se déplacer. Les tracteurs peuvent servir à toutes sortes de tâches, sur différentes sortes de surfaces. Ils sont capables de pousser et de tirer de l'équipement et de lourdes charges. Ils sont très utiles !

Ces tracteurs ramassent des balles de foin sur une grande ferme.

Des tâches variées

Pour chaque tâche à accomplir, il y a un tracteur de la bonne grosseur. Les petits tracteurs permettent de tondre les grandes pelouses et d'entretenir les grands jardins. Les tracteurs plus gros servent plutôt dans les fermes ou sur les chantiers de construction.

Les petits tracteurs peuvent servir à tondre les grandes pelouses.

Des chevaux mécaniques

Chaque tracteur est équipé d'un gros moteur, qui lui donne beaucoup de puissance. Ce moteur est placé à l'avant du tracteur. Sa puissance est mesurée en chevaux-vapeur. Un cheval-vapeur permet de transporter 15 000 kilos sur une distance de 30 centimètres en une minute.

Il faut un tracteur très puissant pour tirer une charrue, un cultivateur, une tondeuse ou une autre pièce d'équipement, ou encore pour pousser une pelle ou un chasse-neige.

Ce tracteur peut faire le même travail que 120 chevaux !

Lentement, mais sûrement

Les tracteurs ont beaucoup de traction. La traction, c'est la capacité de déplacer de lourdes charges sur n'importe quel type de surface. Les tracteurs ne vont pas aussi vite que les voitures. Mais ils peuvent accomplir des tâches difficiles sur des surfaces inégales ou boueuses. Une voiture ne pourrait jamais en faire autant!

Des roues indépendantes

Beaucoup de tracteurs sont des véhicules à quatre roues motrices. Autrement dit, leur moteur fait bouger séparément chacune des roues. Les tracteurs peuvent ainsi rouler plus facilement dans la boue ou sur des cailloux. Lentement, mais sûrement, ils font ce qu'ils ont à faire !

Grâce à son excellente traction et à ses quatre roues motrices, ce tracteur peut tirer une charrue dans des champs boueux.

Bien accrochées

À l'arrière de chaque tracteur, on trouve un système appelé « **attelage trois points** ». C'est par là qu'on accroche les machines que le tracteur devra tirer pour effectuer différentes tâches.

attelage trois points

prise de force

Un transfert d'énergie

Certaines des machines tirées par un tracteur ont besoin d'énergie pour fonctionner. Elles doivent donc être branchées à la prise de force du tracteur, qui se trouve au centre de l'attelage. Elles profitent ainsi de la puissance du moteur du tracteur. La machine qu'on voit ici est une **ramasseuse-presse,** qui sert à faire des bottes de foin.

en gros plan

ramasseuse-presse branchée à la prise de force du tracteur

Travail à l'avant

Les tracteurs peuvent aussi soulever et pousser des charges par l'avant. Les **tracteurs à chargement frontal** sont équipés de bras, à l'avant, qui sont fixés à des fourches ou à une pelle appelée « godet ». Ils peuvent manipuler de lourdes charges.

Dans la neige

Les tracteurs servent aussi à pousser des charges, à l'aide d'une grosse lame fixée à l'avant. Ils peuvent ainsi pousser de la terre, ou encore de la neige en hiver.

lame

balle de foin

bras fixés à des fourches

De grosses roues

Avec leurs gros pneus, les tracteurs peuvent rouler dans la boue et les autres surfaces molles. Ces pneus sont faits de caoutchouc. Leur bande de roulement porte des motifs en relief qui adhèrent bien à la surface. Ces motifs ont parfois plus de 15 centimètres d'épaisseur. Les pneus de certains tracteurs sont plus hauts qu'une personne debout.

bande de roulement

Ça roule !

Les tracteurs sont des véhicules lourds. Ils doivent avoir de grosses roues pour que leur poids soit réparti sur une grande surface. Ils évitent ainsi d'écraser le sol ou les cultures. Certains tracteurs possèdent 4, 6, 8 ou même 12 roues !

Dans les grosses fermes, on se sert de tracteurs puissants qui ont plusieurs roues.

Un tracteur à huit roues peut facilement tirer une grosse charrue et d'autres machines agricoles.

Drôles de chenilles!

Certains tracteurs se déplacent sur des chenilles plutôt que sur des pneus. Ces chenilles sont faites de caoutchouc. Elles ont elles aussi une bande de roulement en relief. Les **tracteurs à chenilles** peuvent avoir deux grandes chenilles, ou quatre plus petites.

moteur

chenilles

On passe partout

Les tracteurs à chenilles peuvent rouler facilement sur n'importe quel type de terrain. Leur poids est réparti sur une plus grande surface que s'ils étaient équipés de pneus. Ils causent donc moins de dommages au sol et aux cultures.

tracteur à deux chenilles

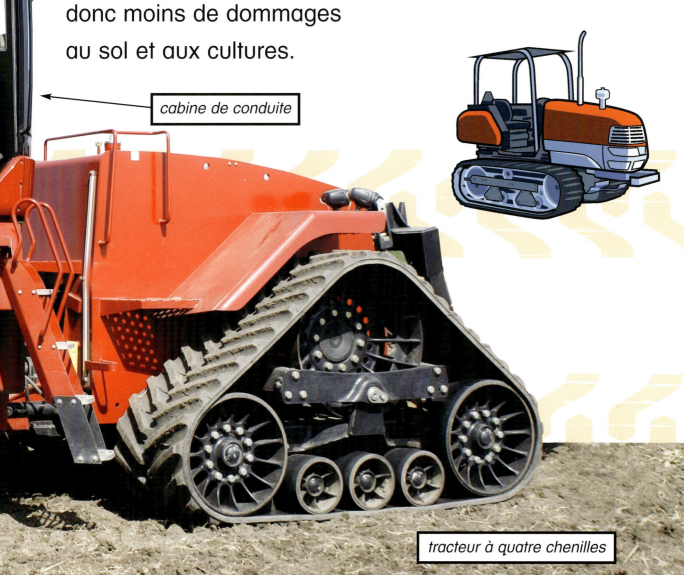

cabine de conduite

tracteur à quatre chenilles

Pour les petits travaux

Les **microtracteurs** sont plus faciles à manœuvrer que les autres tracteurs. Ils sont plus petits, mais ils permettent quand même d'accomplir toutes sortes de tâches. Ce sont des véhicules parfaits pour les terrains de golf, ou encore pour les grands jardins et les grandes pelouses.
Les microtracteurs sont équipés d'un moteur de 20 à 50 chevaux-vapeur.

Ce microtracteur pousse un ramasseur de balles de golf sur un terrain d'exercice.

Suivez-moi!

Comme les tracteurs plus gros, les microtracteurs ont un attelage et une prise de force. Ils peuvent donc tirer différentes machines. On voit ici une **tarière,** qui sert à creuser des trous pour installer des poteaux de clôture. Les microtracteurs peuvent aussi tirer une tondeuse pour couper l'herbe de grandes pelouses, par exemple dans les parcs et les terrains de golf.

On peut accrocher une tarière à différents types de tracteurs.

Ce travailleur agricole est en train de creuser un trou avec une tarière accrochée à un tracteur.

Les tracteurs agricoles

Les tracteurs agricoles sont des tracteurs de taille normale, utilisés dans des fermes. Ils servent à tirer des grosses machines et d'autres charges lourdes. Pour qu'ils puissent tirer plus facilement, on ajoute des poids à l'avant ou sur les roues.

Les poids placés à l'avant de ce tracteur améliorent sa traction, sa stabilité et sa sécurité.

La technologie à la rescousse

Les tracteurs sont parfois munis d'un arceau de sécurité pour la protection de leur conducteur. Ils peuvent aussi être équipés d'un ordinateur qui permet au conducteur de savoir où il en est dans ses tâches et de passer d'une tâche à l'autre sans s'arrêter.

Un tracteur qui n'a pas de cabine peut être équipé d'un arceau de sécurité. Ainsi, le conducteur sera protégé si le tracteur se renverse.

Les mégatracteurs

Dans les très grandes fermes, il y a des milliers de mètres carrés de cultures. Il faut donc d'énormes tracteurs pour faire tout le travail nécessaire. Les mégatracteurs ont un très gros moteur capable de tirer des charges et des machines très lourdes. Ces tracteurs peuvent avoir un moteur de 200 à 900 chevaux-vapeur.

Vraiment gros!

Le plus gros tracteur au monde est le Big Bud 747. Il est équipé d'un moteur de plus de 900 chevaux-vapeur. Il pèse 59 000 kilos et mesure 4 mètres de haut. Certaines de ses roues mesurent plus de 2,5 mètres de diamètre.

Les chargeuses-pelleteuses

Les tracteurs ne sont pas utilisés uniquement dans les fermes. On en trouve aussi sur les chantiers de construction. Les **chargeuses-pelleteuses** sont des tracteurs utiles dans ces deux endroits. Elles sont équipées, à l'avant, d'un godet appelé « chargeuse ». Ce godet sert à soulever et à déplacer de lourds chargements de terre ou de pierres.

En avant, en arrière

À l'arrière de la chargeuse-pelleteuse, la pelleteuse sert à creuser. Elle se compose d'un bras solide, terminé par un godet plus petit que celui de l'avant. Ce godet est muni de dents, ce qui lui permet de creuser plus efficacement. Grâce à son siège qui tourne, le conducteur peut regarder vers l'avant ou vers l'arrière en creusant.

Les chargeuses-pelleteuses sont des machines très utiles. Elles peuvent servir pour de nombreuses tâches, y compris pour arracher des souches d'arbres.

25

Les bulldozers

Les bulldozers, parfois appelés « bouteurs », sont aussi des tracteurs utiles sur les chantiers de construction. Ils sont généralement montés sur des chenilles plutôt que sur des roues.

lame

moteur

cabine de conduite

défonceuse

chenille

Une dent pointue

Les bulldozers sont munis d'une lourde lame de métal à l'avant. Cette lame sert à pousser de la terre ou du gravier. À l'arrière, on trouve un outil qu'on appelle une « **défonceuse** ». Cet outil se compose d'une dent pointue, capable de briser des pierres ou de la terre très dure.

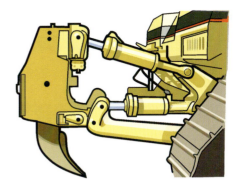

La défonceuse, à l'arrière d'un bulldozer, peut servir à briser de l'asphalte ou du ciment sur les routes et les trottoirs.

Les tracteurs de piste

Les **tracteurs de piste** sont utilisés dans les aéroports. Ce sont des véhicules puissants, qui servent à pousser les avions de passagers pour les éloigner de l'aérogare. On les appelle parfois « tracteurs de remorquage ». Ils ont une longue plateforme basse, qui touche presque le sol. Ils sont faits pour se glisser sous les gros avions.

Une poussée puissante

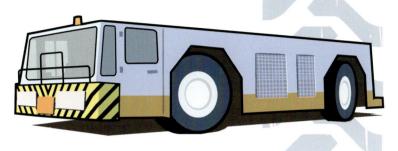

Les tracteurs de piste sont très lourds. C'est ce qui leur donne une excellente traction. Ils peuvent peser jusqu'à 54 tonnes métriques ou plus. Certains de ces tracteurs sont munis d'une barre de tractage qui s'attache aux roues avant des avions.

Avec leur moteur puissant, les tracteurs de piste poussent des avions lourds et d'autres grosses charges.

Les concours de tire

Dans les concours de tire, les participants essaient de tirer la charge la plus lourde possible, sur la plus longue distance possible. Avec leur tracteur, ils doivent tirer un traîneau de métal sur lequel sont posés des poids qui peuvent atteindre 29 000 kilos. Ces concours sont organisés un peu partout dans le monde. Ils se tiennent généralement sur une surface de terre battue, dans un stade ou à l'extérieur.

À vos marques, prêts… tirez!

Il y a parfois des tracteurs ordinaires qui participent aux concours de tire. Mais il y a aussi des tracteurs faits exprès pour ces compétitions. Ces tracteurs modifiés ont plus qu'un moteur. Certains sont même équipés de moteurs à réaction!

D'autres compétitions sont organisées pour différentes classes de tracteurs, et même pour des microtracteurs. Dès l'âge de 10 ans, des jeunes participent à des courses sur ces petits tracteurs.

Index et mots à retenir

chargeuses-pelleteuses
pages 24-25

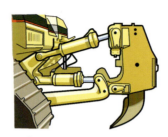

défonceuse
page 27

microtracteurs
pages 18-19, 31

ramasseuse-presse
page 11

tarière
page 19

tracteurs à chargement frontal
pages 12-13

tracteurs à chenilles
pages 16-17, 26-27

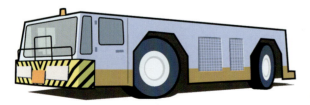

tracteurs de piste
pages 28-29

Et aussi…

attelage trois points   10, 11, 19

bande de roulement   14, 16

bulldozers   26-27

chenilles   16, 17, 26

chevaux-vapeur   6, 18, 22, 23

concours de tire   30-31

traction   8, 9, 20, 29

véhicules   4, 9, 15